诗歌对人类无用

衡夏尔 著

江苏凤凰文艺出版社
JIANGSU PHOENIX LITERATURE AND ART PUBLISHING

图书在版编目(CIP)数据

诗歌对人类无用 / 衡夏尔著. -- 南京：江苏凤凰文艺出版社，2024.3

ISBN 978-7-5594-8172-6

Ⅰ. ①诗… Ⅱ. ①衡… Ⅲ. ①诗集 – 中国 – 当代 Ⅳ. ①I227

中国国家版本馆CIP数据核字(2024)第002973号

诗歌对人类无用

衡夏尔　著

责任编辑　张　倩
特约编辑　曹红凯
出版统筹　孙小野
出版发行　江苏凤凰文艺出版社
　　　　　南京市中央路165号，邮编：210009
网　　址　http://www.jswenyi.com
印　　刷　河北鹏润印刷有限公司
开　　本　880毫米×1230毫米　1/32
印　　张　7.25
字　　数　132千字
版　　次　2024年3月第1版
印　　次　2024年3月第1次印刷
书　　号　ISBN 978-7-5594-8172-6
定　　价　65.00元

目录

为何是未来主义诗歌运动

>>

在我的童年中，有几个比较深刻的节点。四岁的我，观看完《猫和老鼠》动画片，正处于狂躁之中。当时一定是个燥热的午后，我在狭窄的客厅里大笑大叫，就像是所有丧失理智的婴儿，在成年人默许中那样。我还想再看一集，但是奶奶希望我去午睡，我挥舞着胳膊，沉溺于自我的非凡，以及不被允许从电视机中获取幸福，而产生的暴怒。然后我看着天花板晃动着，时而变近，时而离远。停下来，陷入了恍惚之中。

为什么宇宙会存在？

宇宙的开头在哪里？

为何我处于其中？

扑面而来的三个问题，令我产生巨大的无力感。我沮丧地回到了卧室里，没有午睡。

为何人类将哭喊与索要看作是婴儿的天性，而非对存在的质疑呢。

随后在一段漫长的时间里，我对许多人类充满了轻视。这是出于对无法感知到那些问题的成年人的失望吗？

像很多同龄人一样，刚进入小学后，我开始对人类社会的管控感觉到恐惧。

于是后来根据回忆，写下了那一首《撒尿权》。

撒尿权

我踏入小学
知道的第一件事
撒尿的权力
不在自己
而在老师
想撒尿了
举手
老师批准
才可离开教室
许多孩子
第一次举手
未被批准
便不再吱声
尿在了裤子里

类似的节点还有，九岁时在大街上堵车。我的父亲在驾驶，我坐在后座上突然说道："你觉得希特勒为什么要屠杀犹太人。”

“是为了树立一个共同的敌人。”我回答自己。

诸如此类，对于人类的轻视或者说敏锐，很容易使得一个人误会——他是人群中的一名天才。实际上，这一种天分在人类社会中毫无用处，如果他不去成为一名诗人与作家。

在我的创作中，有两个核心的观念:〔1〕一切没有被写下的思想，并非属于自己的思想。〔2〕一切没有被记录的事物，将被失去。这两种意识的形成与我童年养成的洞察力，有着密切的关联。如果我在年少时没有察觉到一些事情，我将永远不会知道人类是怎么样的，我也无法在日后将它们叙述下来。

因此在正式动笔前，我很明白一点：如果一个人写诗的原始冲动是宣泄感伤，或者怜悯自己的天赋，那么他的创作，大概在五年之内就到头了。只有一种写作模式，能持续一生：不断去寻找何为真实，不断向神秘又陌生的世界进发。

保持终生的写作，需要在生活中保持激情。

只有在一种情况下，生活的激情不会被磨灭，那就是不断破除自己的无知。在破除的过程中，进一步接近真相。如果一切已然是确定的，那么一切都不会受到怀疑与挑战，一切也都毫无意义。

当然，在用激情探求世界的过程中，激情也会时刻遭受冰冷的破灭。当我们以为自己将要获得什么时，总会有更大的挑战在后面，等待着否定我们。不过这也是人生的乐趣所在，只有在时刻的迎击中，我们才能保持灵魂的自由。如果我们放弃了，逃避不会使得我们解脱，它只会将我们囚禁起来。

在与人类的疏离中，我度过了青春期，在这一点上我与同代人或许相反。我们这一代人，通常是独生子女，在成长时期，我们会有一种身处于“生活的中心”的感觉。我们的世界是“唯心”的，我们每天刷着手机上掠过的浮光华影。我们倾向于认为，一切信息都是为自己的情绪而服务，如果不符合我们的情绪，我们就把它删除掉。

在这一点上，上一代人与我们截然不同，上一代人生长于物质匮乏的年代，家里兄弟姐妹多，父母既操劳又麻木，从小他们就领略到人类世界的残酷。

而我们则相反，我们则倾向于认为，一切理应是正确美好的。

于是当我们错愕地来到成人社会，便会被现实的法则打击到。我们会误认为，我们这一代人，从心理上比以往的人类更加进步自由。不过如何实现这种自由呢？我们手足无措。面对残酷的经济社会，我们选择了放弃。观看视频直播，用一点零花钱购买消遣，躺在床上。

我们喜欢虚构的事物，比如充满暗示的电子游戏与电影。在捏造出来的公共事件中，发表自己深刻的谴责。

当我们无所事事地，沉浮于虚构物的统治时，我们必须假定自己的选择是自由的。

唯有这样，才能保护住我们的自尊心。

我也一度在那个团体中游荡过。

当我成年时，我意识到了更加真实与沉重的世界。我想通过写诗，让一切陌生与消亡的生命，在语言中永恒地存在下去。

从二十二岁开始，我尝试追求一种心灵的宁静。这种宁静的奥妙在于，它建立在对于残酷事情的认识之上，而非对于残酷的蒙蔽。我逐步理解了人类的历史，我目睹过被忽略的伟大艺术，陌生人在世界边缘坚守的幸福，金钱与权力带来的愚昧，死亡带来的漫长告别。只有这些经历才能教导自己，纯净世界的珍贵。

有些人只能在两种极端中间选择，他们要么被腐败的现实击倒后，将庸俗与自私当作了智慧；要么过着被精心掩饰的生活，以维持脆弱的同理心。

我们这一代人的幸运在于，从一定程度上摆脱了乏味的劳役。这也多亏了前代人的努力，我们从家庭的责任中解放出来，从生存的压力中解脱出来。

但是正如阿伦特所说，如果人类不去劳动，那么他们就只能去消费，没有什么比这个更合适的人类定义了。在消费与娱乐中，我们与一个孤立的幻梦水乳交融，我们的情绪变得越发重要。但是乏味在现实中，我们却不能做出一点实际性的成就，我们无法成为人群的中心，也无法摆脱他们的看法。其结果就是，我们越发渴望人群的认可；又只能在网络中，伪装出自己被认可的样子。

除了上述的极端，对立的意识蔓延在社会的每一处角落。对立的意识不仅诅咒着人类的历史进程，也巧妙被植入那场名为“自由”的幻觉中。如今年轻人的问题在于，我们已经十分自信地认为，我们拥有了所谓的独立思想。我们信奉空洞的自由，我们认为自己的天性就是独特的。这样子，不是恰恰给了愚弄我们的力量机会？任何一条广告告诉我们：我们是多么特殊，我们就会把灵魂上交过去，扫描二维码，付款成功。

由于全球局势震荡与经济衰退，除去铺天盖地的假新闻，人们的注意力一定程度上也转移到了艺术与反思上。这当然会换来诗坛的总体进步。但是在一个短暂的阶段内，我们似乎还不能理解，眼下发生的变化究竟是什么。

很多人貌似在发出批判，实际上，他们只是把自己封闭在一个信息茧房，一个怪诞的监狱中，他们把自己的自尊心妄想成权威，把他们的脆弱妄想成美感。如今部分人士必须意识到，他们所谓的独立思想，不过是人群的平均意见，网民的喧嚣。

综上所述，我们的现代生活，虽然比人类以往任何一个时代都要便利，却布满了无知的陷阱。

因此，为了培养自己成为一名合格的作家，终生学习是必要的。当其他人在应付考试中虚度光阴时，我靠看闲书打发了不少时间。不过这些闲书却很大程度上启发了我，因此在进入波士顿大学后，我自觉选择了西方思想史、建筑学和马克思主义。

在大学里，教授们很注重培养我们将理论与实践融会贯通的能力。

任何一套世界观，都必须在日常生活得到检验。系统性的哲学学习，能赋予人一种观察世界的方法。

当你开始关注世界时，世界才会存在。不被看见的东西，总是被人们默认为不存在。

当你的视野超出景点与商圈之外，你的步伐才能触及那些陌生的领域。

所以当现代人把西方的政治经济现实，想象成一个高级的终点时，这种对立自然就不存在于我的脑海里。在我的认知中，世界不再是一组模糊的图像。这种图像是一种在资本主义与文化霸权的掩饰下，形成的复杂幻觉。世界不是抽象的，而是生命的总体历史。凡存在的事物，是具体的，也是普遍的。

在写作中，四个要素对我有潜移默化的影响。

维特根斯坦教导我，哲学的探究发生在日常生活与对话中。

后现代马克思主义，则给了我解构社会与文化批评的方法。

苏格拉底的故事，则关乎如何承受生存的意义。

黑格尔的辩证法运动，则把人从正确与错误

的幻梦中解救出来，寻找主体性与世界之间的真实关联。

或许还要凌驾于这些之上的，是对美与生命的直觉。以及对人类崇高性的质疑。

我对他们的阅读是浅薄的，在多数时候，从一截文本上阅读的内容，要在五年后，经历某一个事件后，才有较为深刻的认识。阅读伟大的思想家，你要有一生的恒心，就像写作本身那样。

在这个时代，只蜷缩在书斋里的作家，以及地域性过于强的作家，已经不太能解读当下世界的复杂性。旅行对于新时代的创作者，几乎成为一种必修课。它的首要作用，在于教导人们：永远不要把自己的经验当作人类的客观标准，每一个边缘之地对于当地的居民而言，都是世界的中心。每一座宇宙的中心，就是世界的边缘。一种有效的写作，在于能用一种文化的视角，切割另一种文化。用历史的语境审视当下，在分离中理解共同性。这种意识的培养，对于我们这一代作家是迫在眉睫的。我们的物质环境，在加速它的再生产与复制，一切在变得单调，人类不再能看见过去的影子，人类已经被迁移至了一座脱离于历史的思想监狱。

因此在我们这个时代，杰出的创作者不是着迷于自我的人，而是超越自己界限的人。所以我在《使命》中写道：我将不仅仅成为我自己／我取得的成果／是人类意识整体的跋涉或／沦落，我不介意／任何一名

具体的人 / 是否知晓我是诗人，我每天恪守心灵 / 的沉默 / 行走，观察物体的灵魂 / 影子与光。

当你抵达了一定的境界，便会深切感悟到，你所取得的微小快乐，与人类整体进步之间的联系。因此我才会有《马肉》那样的作品。它们不仅是我的创作，而是历史精神本身的沉淀。

如今，写作于我不只是享受，它也成了我的使命。这种使命当然不是那种解救苍生的妄想，而是将自己的一生，用去给诗歌史添砖加瓦的义务。所谓作家，终究不过是一个人，他能做到的最大，就是将创作看作如自己的生命重要，如果他不写出伟大的诗篇，便去死。

我将这场个人的旅程命名为“未来主义诗歌运动”，意在从这个消解了历史与意义，充溢着噪声的狂欢中，拖动被异化的肉体，在日渐虚无的明天中，重新取回神性的光辉。

〔中国〕

马肉

我们所抒情的马
是桌上的一盘肉

真正的它们
在疆北
的天河
吃草
饮水
抚摸彼此

成年的马儿
长着透亮的鬃毛
至于被牧民
宰杀
装箱
卖给河北的驴肉贩子
那是
大地上普遍发生
抒情无法抵达的地方

轮回

我们那儿的农民
管这叫玉米糊糊
干完活儿后
蹲在地上
滚烫一大碗
五十多岁
多患食道癌
不出数月
病死于省会医院
黄土高原上
数代人
的宿命
年幼的手臂
被玉米棒子的叶片划出血道
在太阳下
毒烤
于是一生发誓把它熬烂
咽下胃里

猪怕过年

四五个青年
揪一头猪

猪好生硬气
刚拖出圈
四只蹄子
磨出千里黄沙
嘴里哼哼着
活像电视剧里被
宪兵抓住
临危不惧的特工

再走了几步
几个小伙子用力一提
猪恍然大悟
浑身粉肉剧烈抽动

一阵撕心裂肺
惨
叫
猪被压在了秤上

冰冷的指针转动着
为它一生吃下的泔水
一生攒下的肥肉
一生的意义
做出测量

看热闹的妇女
指指点点
好奇的孩子凑上去
被拉了回来

接受审判后
猪像是认命了
倒挂在一根棍子上
被拉上了车

面包车平缓行驶了一阵
躺在后备厢里的猪
逐渐面露温和

车厢打开

才发现

另一只同胞发黑的尸体

已经躺在了外面的案板上

……

死亡永远要在经历

无数次惊恐

与看似的顿悟后

才会突然降临

因此

在临死前

我们究竟能否获得

不发出惨叫的

力量呢

最后的夏天

在北方金黄的田野
两只蝈蝈被逮进矿泉水瓶子里
汽车一路开回南城

它们继续歌唱
一只率先死去

另一只瘸了条腿
被放生到
楼前的树丛里

九月
出门的人们
加了外套
叶子黄了

林中的歌声
让夏天延迟了
整一个月

撒尿权

我踏入小学
知道的第一件事
撒尿的权力
不在自己
而在老师
想撒尿了
举手
老师批准
才可离开教室
许多孩子
第一次举手
未被批准
便不再吱声
尿在了裤子里

飞鸟

一只飞的少女死亡了
她的羽毛消逝在空中
层云上，银河与地球邂逅之领域
临死前
她脱掉了
我们生而在脖子上
记着社保号的环圈

地上的人不愿寻找她的尸体
他们指骂
是金钱让她上了天

“不久
我们头顶的不再是天空
而是星河”

数亿人在地上繁殖
死去
在电视上无尽接收
这样的口号

一桩往事

在我七岁
八岁那年
北京西站
你们或许还记得
数不清的农民
睡在大街
走廊，麻袋上
这之中
有一户人家
维生的手段
就是在车站旁
用木柴，铁网
围起一片垃圾地
那天午后
一个大哥哥站在围栏里
放声哭泣
一旁是他的母亲与父亲
他穿着运动服
手上拿着劳技课本

我们从此别过
我一直在意
你哭泣的理由
我从来不想批判什么
如果我写诗
真的成名了

这也成就不了
什么大义
除了问一句
这些年
你去了哪里

地狱门

人死之前最后一道门
是医院走廊里的人众
在消毒剂下的窒息

死后的地狱
是墓碑跟前
的石灰地板
无尽的风景

四种体验

踏入空无一人
的车厢

烟囱有某种张力
注视它吐出的云状物

石灰色的天空
在日落之前化作粉蓝色的冰层

我听不到许多噪音

金鱼
朝玻璃外的我张开嘴巴
当人忘记
自己置身大海
生活
就成了鱼缸

惊恐

在中蒙边境
数百公里
没有一丝噪音
的国境线上

有几道被毁坏
的铁丝网

“那些偷渡者都是谁”
我好奇道

“黄羊”
我被告知

某一日，蒙古国的上空
突然
黑云滚滚
狂风大作

惊恐的黄羊
开始狂奔

它们朝着南面逃去

领头的一只羊
是首领
它第一个撞到了国境线上

用血肉之躯活生生
撕裂铁丝
让剩余的同伴
踩着尸体踏过

据说，黄羊每年
无视人类的法律
如此在国境线上往返

我看着被压倒的杆子
那里已没有一丝痕迹
想到
我还从未目睹过一种惊恐
能使
同伴踩着自己的尸体过去

不一会儿
远方出现了三只黄羊
胆小的它们
似乎远远就感觉到了人类

当汽车微微发动
它们开始朝北面狂奔

无题

在多数时刻人类强调或者说美化

自己的孤独

是不合时宜的

我现在看见一只

深黄色的野狗

将脑袋

垂落在

黄河枯竭的支流边

无题

午后巷子深处
一枝芭蕉叶狂乱地绽放到废墟中
幸福的人们躺在角落颓废地晒着太阳

空荡清冷的夜晚
卖寿衣的小店被铁墙封住
一个失意的女人站到二楼窗台上
被她的男人劝了回来

走进快餐店前
我用手机拍下了
霓虹色线条之上的月亮

内心期望着不可磨灭的诗篇
在修改中
却越发空洞

无论何时
眼睛将注视着
隐秘的时刻

小学

在戈壁的尽头
有一座废弃的小学

数十年前
在土黄色的平房里
他们从课本上
学习知识

类似“发展”“人类”
之类的词汇
他们只是乖巧地
模仿老师的嘴形

而那些有关月亮的歌谣

却能一下子领会

并且

在发呆时

望向

雪原上升起的白日

知道

在大地

永远可以进入梦乡

却不能免受

明天的磨难

候鸟

车站前的
小饭馆里坐着
众多男人

他点了
一碟肉包
浇上一盘辣椒油和醋
又往米粥里撒满了咸菜
突然凝望着

电视机上
闪烁着民国的
爱恨情仇

他的心在刀光剑影的年代
肉身爱上军阀的掌上明珠

他背着行李走向车站
列车北上
在两个灰色的城镇之间往返

馄饨

老李的葬礼
到场的名流
与子女
互递名片
妻子
独自抽泣

散场
我伪装成一名圣人
跪在棺材前

老李问
朋友是否出席
孩子们哭没
老婆身体甚好

我诚恐

一切都好

说完

他放心回到

阎王那儿

吃馄饨去了

月光下的盲人

被夺去
语言或视觉
我一定选择前者
尽管那意味着
诗歌不再继续

又一个夜晚
只剩月光是清澈的
浓雾
笼罩大理上空
那些街上
使人们获取意义与方位的
广告牌
看上去与死去的墙
没有区别
只有一间盲人按摩院
敞开
清冷的光线
从月球
注入它的牌子

我走进去

少女在前台玩手机

她领着我

进入病房

两张白色的病床陈列着

盲人们在哪里？

我坐在床上

等待

一度怀疑这是骗局

直到

穿病号服的小伙子

从背后出现

睁大的眼睛

被石膏封住了

没

有

光明

我趴在白床上
将头放入
用来呼吸的圆洞
眼前的景色是
地板上的阴影
盲工
用手指
压过我的背
神用指甲
在沙漠上
画出一道山峰
他指出
我的毛病
“肩颈酸痛
熬夜带来的
湿热”
我接受他的证言
我作为一只
现代蠕虫的证据
我在心里告诉他

“我们有光明的人
与你们不一样
我们需要坐在沙发上
低头看手机
触摸屏幕
以化解孤独与欲望”
他说
“人盲了，别的干不了
只能做按摩”
我同意
在这一点上
所有人是一样的
为了钱被迫劳动
之后
我慢慢入睡
我们沉默地
完成了
这个仪式
彼此都没有语言
与光明

只剩

肌肤的触感

结束了

我付给他 119 块钱

他消失在

这栋楼里

盲人院外

风刮过无人的街道

在黑暗中

年轻诗人的肖像

二十三年前
父亲与
中岛
在桑拿房里
偶遇了
十二个农民工
炉子里浇开水
铁棍堵住门
所有人像
活佛一样坐在
那里
变得通红
过了许久
年轻的诗人
躺在地上
喘息着
农民盘坐在
最高层
就那样
成了真正的佛祖

田纳西

在云南，洱海边
农田里
一个音乐节上
我遇见了一个烤香肠的
黑人小伙子
在与他的傣族女友调情

我来自提——纳——细
他以那个地方人的叫法
念出了他故乡的名字

哦
美国的南方
我说

“我从来没有去过南方”
“实际上，我去过佛罗里达”
我想了起来

“啊”
他轻叹道

“佛罗里达
那是个好地方”

“足够好了”

他意味深长地斜视了我一眼

我领会了他的意思
他的意思是
比佛罗里达
更深的南方
就是不好的地方了

“——足够好了”

他以自己的母语
表达了一种无法用别的方式
传递的幽默

对于熟悉那门语言的人来说
你当然知道
南方意味着什么
以及
比那更深的南方
田纳西是什么

每个民族
都有自己的南方
游客永远不会踏足的地方

过了一会儿
他的傣族女友
和他吵架了
扑在他的怀里
大哭了起来

众生相

现代人筹建的佛
多是油光满面

盛世的佛
神态清闲

兵荒马乱时代的佛像
看着横死在庙里的人
面色灰冷平静

无名之城

一棵树苗
在土壤上诞生了
许多地方
立起了砖楼
一整个午后
人们坐在椅子上
看着阳光洒入红墙

三十年后
绿叶遮住了天空
他们走下楼
在树阴
下棋
这一场对弈
很漫长
活着的人
在沉思中逝去

人走室空
树枝在客厅里蔓延
成了鸟儿的天堂

人道主义是一项古老娱乐

从影像资料看到
1899 年光绪年间

两位丰满的白人女士
身裹白色长裙
从大门走出
撒下一把
又一把碎银

一群身裹黑色破布的中国人
犹如瘸腿的瘦狗
包围住她们

女士们脸上的笑容

一会儿同圣母般

豪横

一会儿如初到游乐园般惊喜

乞讨者

将自己掩盖在人群中

弯下腰

匆匆离去

十月雨夜于五台山

十月雨夜
于五台山
会见高僧

主持的师父
是一个坚硬的瘦子
他坐下来
扫视了一圈

或许是觉得这样的场合
尽快打发下就好

便挑起年纪最小的我
闲聊几句

“你做什么的？”他说
“我无业。”
我回答道

“无业？”
他的嗓音铿锵有力

“我在家写小说。”
于是我解释道

“小说？”
“能改编成电影吗？”

“不能。”我老实回答道
“如果改编了
会赔钱的。”

“那好。”师父笑道
“你就去拜拜
文殊菩萨吧。”

说罢又送给
我一份字帖
送每人一份木珠
便离开

师父每天十点入睡
凌晨两点醒来
又要开始功课

而后我就去了文殊菩萨前
诚实地说
那次拜得也不用心

只是大殿外
大雨滂沱
雾气不散
的样子
留下了很深的印象

不过自那以后
就对菩萨更有兴趣了

船

一些船只像是腐烂了
被扔在一座巨大的垃圾场里

过了一会儿
我意识到
这里其实是退潮后的泥潭
潮涨后
它们就会离开此处

所有的地方都是失落的生活
所有的生活又都在茂密生长

致黄昏

请你们
看着天空

晚霞在深情
拥抱
黑电线杆

这一刻
人们在
发呆

下一刻他们
抬起了头
用六十秒
看着城市的
黄昏
从云层
到尽头

他们看着逝去
与未来
语言
不足表达
当下

黄金时代

热浪
席卷

深不可测的云团
从地球上起伏

需要一位伟大的历史学家
为云层书写历史

渺小的人获取权力后
践踏更加渺小的人

野猫的尸体
愈加无法被直视

玩弄死动物的婴儿
就是最纯粹的恶

纵容这些的父母
就像纵容从上方戏虐他们自身的恶
纵容世代的愚昧

黏稠的雨
划下天空

器官与垃圾堆混合在一起
树木变成脏的城市
陌生的皮肤变成雨水再淋湿灵魂

老人系着唯一一根皮带
手持木棒
等待永远不会出现的乘客
或者用一天时间避雨
回到某个可以住的窝巢

适度的金钱、食物与爱人
于人民而言是无上的幸福
这几乎是真理

一只蝴蝶看上了乱放的花园
用一生在大千世界中飞舞
或许更多的永恒

人走室空
此处只有
一只白色的蝶

此刻那些没有被记录的人类事务
喧嚣不断
也许还血流成河

热浪引发数百公里
的云团
使之成为末日的天象

美的诞生
不在乎末日

野猫被喂养后
诞生下新的小猫
不让它们与人类亲近

黄金时代在召唤一些

诗人与歌手

完成他们的使命

只要是诗歌的时代

即是黄金时代

祈祷

我们这群当代病人

在澡堂里
缩着肩膀
挺着小腹的男人

在美发院里
扬着假鼻梁
的少女们

周末了
病人们
蜂拥到餐馆里
排队等待

一边吃死去的肉
一边诉说自己

我们
拥挤在人群之中
才能相互

安慰与讽刺

我们
在心中
祈祷
一颗
标着价签的玻璃珠子
就会降临
为生活蒙上一层彩色的纱
使死亡
显得越来越远

云中世界

一面湖下起了雨
雨结束了
我们只剩下一片大海
一些真实的事物
没有留下来
山还保留着
山是一层幻影

拖拉机在
灰色的旷野里
做梦

北京

总有这些时候
我辗转于数座城
仓促地
回到生我的地方
东三环外
洗浴中心的
餐厅
老爷们儿和大姐
扯着嗓子
说着
“这孙子”
“那孙子”
右边的男人
挺着小肚子
啃了两块大骨头
一壶小白酒
高血压
糖尿病
这就是我们龌龊的生活
躺在椅子上
让肩膀逐渐萎缩

谈论别人的生活
傲慢地吸食别人的
血液
但是
我的肚子在下沉
慢慢地
我也瘫在椅子上
我感觉到无力
无法离开
千年的都城

前年秋天
我的好朋友去世了
最后的岁月里
她不愿飞往海外就医
她担心
离开后
便无法回来
她要死在养育自己的城市

我看见
一片透明的叶子
来自悲哀的秋天
划过凛冽的空气……

爱巢

一条灰色的石砖路
为一棵新栽培的杨树留下方格
一只树杈上的麻雀
一辆汽车的尘土飞过
它轻轻落在旁边的杂草
一个行人走过
它又飞回来
偷偷筑起爱的巢穴

舞蹈

一觉醒来
废弃工地上
出现一个白裙子的女人

五只黑狗与白狗
围着她
撒欢

隔天下午
我又望去了工地
废墟间
只剩下青草

野狗藏在看不见的地方
哀嚎

致未来

我躺入午后的浴缸
仰望
天花板
水的波纹
映射在白墙上
天空
离得很近
泛起金色的海浪

六十年后
回想起 2020
我会告诉你这件事情
我有过许多这样的瞬间
通过语言
留下来

一切仍无法逆转
遗忘
失去

“当我们老了
除了诗歌
一无所有”

〔美国〕

>>

>>

亚特兰大

几个忧虑的白色面孔
四散在日光灯下的车厢

雨在玻璃上的划痕
随着一名年轻黑人的舞步
颤抖

小镇

芝士在厨子阴郁的注视下
融化在肉饼上

七十岁的女招待
拖着双腿
端上薯条炸鱼
谢谢
一位常客说
晚上别喝太多了
翠西

日光照着
门口的苍鹰
和红袜队球杆
这里的人们
不错过一场比赛
并深爱美国

神秘街

我们在一条
空旷的街上
走了很久

街角的小牌子写着
“神秘街”

深蓝的天空
浸入了地上的一切
加油站的广告牌
甜甜圈店里的摇滚
卡车的车灯

它们只照亮眼前的路

从一座小镇
世界的中心
通往
另一座小镇
世界的尽头

墓园

在明媚的五月
某一座小镇上
世界因病毒变得格外清静
那时我刚刚学会
一无所有
地度过人生
对死亡
以及未来
没有一丝畏惧
并且认为没有悲伤
能够击倒自己

那时我有一个美好的女人
美好到
足以在临死前
向死神祈求
再度温故一遍
那些金色的岁月

如今这段感情
已结束

就像许多事情一样
像碎掉的杏仁壳
落在心上

这并不是
回忆的
重点
今天
被意外勾起的是
那时
我们经常
不经意间
散步来到一座
墓园
死人的名字
写满了
白色的石头
但是
我们没有注意到一个人
逝去
除了漫天
蓝色、盛开的玫瑰

无题

0

我们在白色的桥上

不知行驶了多久

1

工厂的烟囱

吐出泡泡

为天空

注入

永恒的蓝粉色

2

天黑了

只剩麦穗的声音

桥下

出现了一座城

铁网锁住了

白色的平房

他们的祖先
感染了一场瘟疫
从此
世代孤离

3
天空
回归了粉蓝色

一座钟塔
空寂无声

被遗弃的旋转木马
转轴声
不绝如缕

那些大小姐
去了哪里？

女孩们飞去了
一座更安全的海岛
海浪打在
纯白的沙滩上
一尘不染

无名之歌

一九七三年
酒吧角落
弹吉他的吉米不见了
人们说
这样的人
经常不辞而别
没有电话号码
仅留下吉米这个绰号

他不知道
自己的指法从何来
没人记住歌的始作者
它来自棉花地深处
永远走不出的棉花地
木棚搭成的酒吧里
坐在角落弹奏
无名的吉米

二十天后
沼地里
发现一辆旧福特

吉米终于鼓起勇气

干下第一票

伙计们说

开到僻远地方分赃

临下车前

一枪打爆他的后脑勺

这宗案件封印在档案室深处

没人能核实黑人死者的身份

美术馆之夏

背着路易威登的中国女孩
在老伊莎贝拉的耶稣前自拍

孩子们远渡重洋
参观两百年前
上流白人的画像

83号公路

白雾缭绕
一潭池水
变成茫茫大海

加油站里
播放着乡村爵士
腼腆的店员
一个来自郊区的胖男孩
哦，这是五十年代

走出门
天深了
卡车驶过
世界尽头

无题

鲍勃·威廉的心脏
停止了跳动
他从沙发上滑了下来
身体里空空无物
除了最廉价的朗姆酒

他临死前的半小时
电视里播放着
一条啤酒广告
就像我们木讷时，接受一切那样
电视进入了黑白屏
随之，大脑陷入无信号

我不认识鲍勃·威廉
这个白人工人，被异化殆尽的人生
你要虚伪地批判资本主义吗？
我只知道，他拥有一位漂亮的小女人
他们的人生，一起被酒精吞噬
产生的结晶
是个聋哑女儿
邻居的小伙子

闯入房门
干脆利落地强奸了她

她是那么美丽
她的下颚
脸蛋
光滑的肤色
乳头
毛发
你感觉到了吗

她的眼神里诉说着
爱
她将之理解为爱情
那双眼睛
之中
沙漠
泉水之上
升起的一轮月亮

内脏

O 先生
有一串复杂的德文名字
他的曾祖父
从欧洲漂往新大陆

四十多天
的航行中
生病的表姐
被沉入大西洋

他们安置在了
肯塔基的小镇
美国的内脏
我漂泊在外
无法触及的地方

他们酿造的威士忌
灼烧喉咙

盛夏
农民倒在阴凉地呻吟
白鸡在院子里
奔跑

从联合车站到圣贝迪诺的火车

在广阔的南加州
车库和阳台的躺椅
是美国人的教堂和庄园

车上的客人们
和摇摆的棕榈树
夕阳下
打着鼾

桥洞下
一个白人老头
守着他的银色的睡洞
和一面飘动的国旗

美国往事 二

1

有的诗
我永远写不出
好比
一个墨西哥人
沙漠徒步九十公里
在新墨西哥
的边境被逮
监狱里
等待遣返

2

今天早上
我们在布鲁克林行走
头顶的天空
像蔚蓝的沙漠
一辆飞碟停在了红绿灯前
我们大笑
相互招手

3

墨西哥工人

美国工人

和中国民工的食谱

大饼

玉米

绿辣椒

面包

芝士

黄油

开水

白菜

馍馍

4

布鲁克林

仓库区

黑夜的电灯

照亮港式的繁体：

北京食品厂

5

几条街外

一面死墙上

圣母玛丽亚在哭泣

有人用白粉笔

在她的怀里

画上了火柴人

6

直达曼哈顿的

沿海公路

很多白房子，教堂里的居民

沐浴阳光

吃着炸鸡

腐烂

7

我想起
约翰·斯坦贝克的
《人鼠之间》里
大萧条时期的
农场雇工
吃的是煮黄豆
配西红柿汁

傻人个儿莱尼
爱上了农场主
的漂亮白妞

失手
掐断了她的细脖子
警察到来之前
莱尼
被他的伙计
乔
手枪
打爆了后脑勺

食色人间

久居国外
我喜欢在网上
欣赏农民做饭
四十八块钱
两斤猪大肠
炒了一大碗
主食是方便面
桌子上
大人不停夹菜
我从头看到尾
孩子拿着手里的面包
没吃一口菜

公路旅行

15 号公路：
快餐小镇
大溪地
空寂的过山车城堡
“欢迎来到维加斯”

夜晚的马戏团
像万花筒的涟漪
放射到星空

无法一掷千金
怅然地离开老虎机
在百乐宫的喷泉许愿

夜晚，上帝
下起黄金的流星雨
擦肩而过

无题

老鼠过街
从垃圾桶向
深渊凝视

菜单上的英文
标注着“星洲炒米粉”

黄氏宗亲会与武馆
在同一层摇摇欲坠

月光下的楼中楼
是妓女的病床
停尸房和制冰坊

七旬老太
推翻一轮雀牌
按下电梯

启动车
穿过夜灯下的联邦公园
睡着的流浪汉
与维多利亚式的
联排白人公寓

走上高速
才想起
南线的最后一站
丘陵上

是广东台山公墓
不久
她将化为灰土

那些妓女全部认识彼此

1

月亮照见城市时

我在想象纯洁的天空

2

霓虹灯下

3

黑人大胖子

对着屏幕的音乐

大笑

快乐也像痛苦时

皱紧眉头

车门开了

白人大妈问道

"你来自哪儿？"

"什么？"

"你来自哪儿？"

"某个地方。"

铁轨轰鸣
“这里很好吧？”
“什么？”
“这儿很好吧？”
“很好。”

自豪的胖脸

4
蓝色小屋里
一个男孩
在沙发上睡着了

他在听
月亮之中的另一座都市

一群白色的女学生闯入
为首的姑娘说
“那些妓女全部认识彼此。”

5

人是上发条的机器
还是自由的人？
只要按照 1212 排布
303 和 909
少女们就会跳动

世界很美好
我们吃，睡
听音乐
明天还有希望

薯条

当夜深人静
在波士顿的
麦当劳
一名黑人流浪汉
来访

他掏出
零碎的硬币和
一张刷不过的信用卡
命令道
“我要一份中薯条，
还要两份酸甜酱，
一份烤肉酱。”

面如死灰的
女服务生
只扔过去几袋褶皱的
番茄酱

一包薯条的价格是 3.59 美元
也许他乞讨了一整天
才会酬劳自己一次

“我不要番茄酱，
我要的是酸甜与烤肉。”
流浪汉说

被客人使唤了一天的白人女性
顷刻间
怒不可遏
抓取一把又一把
番茄酱袋子
扔在流浪汉的身上

“爱要不要！”
她怒吼道

流浪汉
没有收下一袋番茄酱
拿起干巴巴的薯条
消失在了门口

餐厅里还剩下
一名顾客
坐在最深处

等女服务员回头收拾起厨房
他也
走了出去

滑冰天后

我，谭雅
第一个转三周半的美国女人
二十岁
被男友毒打
在冰场上
放摇滚
穿自剪的连衣裙
她冲到评委席
愤怒地质问
我五点起床
训练
为何得不到分数

愚蠢的谭雅
她的母亲是服务员
她四岁就在冰上舞蹈
不愿为了名声
讨好评委

我随后想起

某著名刊物

奖励十万

写一种兰花

单凭我渴望这笔钱

确实憋不出词

致寒潮中死去的人们

潮湿的风扑在脸上
树还是光秃秃的
慢跑的人朝天边望去
一抹粉红
几艘帆船浮在海面

冬日里最温暖的一天
梦里下起灰色的雨

平安夜

人到中年
越发残暴
白衬衫下的啤酒肚
朝着实习生
耀武扬威
年轻的可怜虫
蜷缩在合租房里
和女友吸食劣质大麻
呻吟

今天是平安夜
接上憎恨自己的女儿
停在阴暗的树丛边
目送她走入前妻的三居室
一路开到沃尔玛
听廉价的圣诞音乐
他爱吃火鸡和奶油
坐在沙发上开一罐啤酒
凝视电视上的橄榄球

住在单身公寓的好处
房贷轻了
也多出女儿上大学的开支

往年圣诞老人的礼物
是一块油腻的蛋糕
他蹑手蹑脚地下床
在被窝里朵颐

如今祖母已去世十一年
他曾经也跑动过
如今路过绿茵场
总期盼
不经意间
漂亮地传回
孩子们打飞的球

狐狸的眼泪

村里的孩子
抓着狐狸的尾巴
农夫说
好样的，小子
赏给他一分钱硬币

夜深了
农夫拿着猎枪走出大门
稻草间的狐狸
一生第一次见到枪眼
流出了眼泪

狐狸一生犯下许多罪孽
死后
它的尾巴化作
女人的围巾

上帝的城

在墨西哥城
集市
太阳
城市的焦土

一个老人
守候着他
一平方米玻璃箱
里粉色的气球

我亲眼所见
他遵守上帝戒律
在世界的角落
沉默
卖儿童玩具

达拉斯

布什家族在高速路边
兴建祭坛

墨西哥人连夜穿越沙漠
将纯白美国的高架桥
刷成粉色

旅途

0

一块腐烂的奶油蛋糕

散发出芳香

1

一条公路连成的

汽车旅馆、广告牌与麦当劳

孩子们身无分文

为了一首歌

驶入沙漠深处

从此失去音讯

2

整个世界都想在

一座小镇

一座教堂

度过余生

向上帝祷告

请求它保佑白人

免受瘟疫

3

在三角洲的棉花地

萧条的汽车城

和布鲁克林区的仓库

所有在故土流浪的人们

参加了一场派对

他们都愿葬身于此

佛兰奇・科纳克死于糖尿病

帕利斯・格瑞的女儿死于癌症

会有人铭记他们

4

我将踏上一场旅途

经过每座小镇

每座世界的中心

路的尽头是

粉色的棕榈大道

日落与海浪

山顶上的丽人
榨取全世界
以美化自己的乳房和屁股

我眼里
只有永不停息的音乐
与她们的面庞

禅意之春

人类鲜有出没的日子里
阵雨过后
一只绿毛鸭
浮在沥青路坑的
水塘上小憩

〔生命体验〕

希望之丘

走进一栋萧瑟的大楼
从七层的角落
偶然
望见
两座烟囱
升入乌云中
忧郁的空
犹如青灰色的死海
一场永恒不降下的雨

在云层的尽头
是桃粉色的光

它们像山丘一样
在天边起伏着
这片光的名字叫作
希望之丘

从另一间鲜有被打开的
房间里
我站在窗前

看见

一个没有露出头的女人

光着四肢

平躺在床上

我望着她没有窗帘的卧室

将头转去

无题

生活在地球上是幸福的
春日的某一个傍晚
神秘的蓝紫色出现在上空

街上格外空荡

蓝色的光穿透了每一件工具
移动的车辆、单调的墙
与我

无聊的心灵，与他们眼中没有生命的物体
一样
无声无息

天空
将地上的蝼蚁渲染成
暗淡的颜色

让它们安心于沉默

当它们努力发出噪声时
一切归于
虚无

避难所

深夜里
有一张发光的广告牌
上面的男人说
“阅读
是一座随身携带的
小型避难所”
——不
我回应道

我走了过去
那张发光，麻木的脸底下
写着他的名字：威廉·萨默塞特·毛姆
“没有避难所”
我告诉他
“一切都是现实的一部分”

之后
我来到了沙滩上
海上有一轮月亮
我用了很长的时间
注视它

一无所有

又度过了
虚无的一天

无所事事地
穿过大街
没有劳动
没有对人类的贡献
没有任何
印记

“对此我
感到羞愧”
我对另一个人说

她说
我在某间办公室里
花了整整一天
将我们的数据录入
一台电脑里
整个劳动的过程
不需要任何神智

也不创造
任何价值

“对此我也
感到羞愧”
她告诉我

于是我说
我决定写一首诗
缓解这种
空虚的
罪恶

晚上
我回到了某个漆黑的地方
躺了下来
开始在屏幕上
敲打

——感谢诗歌
除此以外
我们一定一无所有

末日

末日降临前
人类会做什么呢——

拥入超市
用钱
购买
大米、纸巾
让自己感觉到安全的商品

在人山人海间排队
等待

提着大包小包
回到
家
坐在沙发上
开始刷新
手机

收看同样

不知所措的人
撰写的新闻

期待一点
新的消息

由此看来
每一天皆是末日
一切会照常运转

有关末日的假消息
尚未得到辟谣
新的末日
已出现在头条

忘掉过去
变得越加轻松

更惨烈的景象
会在一下秒
夺走眼球

引起更惨烈的
心理伤痛

观众们更加
挑剔
人物的死法

太老套的结局
无法赚取眼泪

最好是因抑郁症
自杀
这样才够悲壮
够与每一个感性
又孤独的天才
共鸣

感到虚无？
每一名独立的灵魂
都没有虚无
的工夫

他们忙于将

正论

投射到

数亿只独立灵魂组成的

透明监狱

充当唯一的听众

对着人类发话

自由与正义之士

率领更多奴隶

反抗

编造出的敌人

无可救药者

依然

无可救药

好比末日当天

许多人

依旧会保持沉默

继续制作

无法被贩卖的

物品

他们没有怨言
窗台上依然有
斑鸠筑巢
年轻时听见的歌声
在垂老后
不会消散

在真正的末日前
所有的虚惊一场
都将唤起
对于生命的热爱

继续碌碌无为地活着
也是热爱的
一种表现

更多的幻觉
被积累
再被抹去

无题

我指着车窗外
“看
像不像
一个甜筒”
她说
我小时候
就想把云的
棉花糖
装进盒子里
直到
姐姐告诉我
云是水蒸气做的
你带不走它

冰激凌
不断从烟囱涌出
变成了浑浊的天空

呼格罗

1

一匹少女
行走
在旷野上

马儿们
在独自
吃草
饮水
它们之间
隔着
漫长的梦

云层
才是世界的道路
大地
不过世界的边缘

只有看着天空
地上的马
才能继续迷失

2

孤独的草野上
浮现出一座工厂
它的灵魂
仍在运作

月光
凝视着
大漠的黑夜

野犬被拴在铁链上
朝着漆黑
嘶喊

路的终点
是呼格罗
一座宫殿
的水泥骨架
它的含义是
路的尽头

云的深处

当夜晚爬过一个人的心脏

沙滩上男人们的影子
围绕着雌雄同体的美人舞蹈

红色的月亮出现在上面
我们早该放弃
理性的解释

深红的月亮
它在说
黑人创造了音乐
音乐创造了神
神创造了世界

狗刨

在大漠深处
世界起伏的尽头

一个白发苍苍
的老妇人
拖着紫色的袄
被太阳烤到
浮肿
垂落到地面
的躯体

攀爬
上楼梯

严格来说
她的动作
是
狗刨

她狗刨到山坡的中间
回头欣赏了
一眼

那座日复一日
被遗弃的
小县城

然后继续爬上去
到一座小小的白石头前
参拜

我知道
这是她一生中每一天的事业

一个真实的西西弗神话
如此普通地
被完成
归于日常的轮回

海

凌晨五点
我坐在白沙滩上
看着塑料瓶
深蓝色的浅海
与近空
一只海鸥飞过
一切寂静时
耳鸣
成为世界的声音

我曾试图游过警戒线
温和的海浪
将我拍入水下
因恐惧
返回

圆环

一朵莲花
其实是
一个圆环

一个圆环其实是
十二个交错的圆环
重叠在一起

十二个圆环
打开
就成了
一朵
绽放的莲花

十二个金属圆环
套在我的手上

十二万朵莲花
拂去
我的手臂
就像

十二万个宇宙
在我的肌肤上
流淌

事实上
它们也只是
十二个
金属圆环

最后收敛
为
一个
套在我的手上

观音梦

我喝下一杯饮料
名字叫“粉色星云”
二十分钟后
它们开始起作用
吧台边上坐着一位白色女郎
她一言不发
我无法对话

那天夜里
梦却格外清晰
我是乖巧的小和尚
盘腿坐在
观音菩萨的
莲花宝座前
菩萨神似我的前妻
白皙的脸
模糊的五官
她问了三个问题
“什么是最重要的？”
“自由与爱。”
“你曾拥有什么？”

“永远一无所有。”

“你的去所何在？”

“棕榈的天堂，灵魂的场所。”

梦持续了几分钟

或者一整晚

当观音的白芒消散后

我醒了

时间是早上九点四十一分

窗外是阴天

似乎在等待一场雨

蛾

这座塔里

唯一的天空
是天井上
那一块灰色玻璃

一只赤黄羽翼
的蛾子
躺在浴室的地板

我用白纸巾捏起它
放在窗台上

我决定
它应死在接近天空的地方

它的触角颤动着
对着头顶的天井
没有阳光的午后
雨点从缝隙渗入

手心

在癌症临终前
几个月
人的手
会因为虚弱
而冒出黏稠
的汗
曾经一度
我握住那只手时
以为是生命即将复苏
的表现
温暖又
冰冷

后来
这一握
成为永别
那种黏稠的触感
就
留了
下来

如今
在任何时候
我可以感觉到

一只手
流淌在
掌心

实际上
初次见面的年轻女人
因紧张
冰冷的十指
也会涌出黏稠的
潮水
十指相扣
就像两摊
瀑布
纠缠在一起

我并不想过多
解释
这个动作的含义

但是我体会过
那些时刻
当两只手
不知不觉
扣在一起

沙漠中的美丽传说

有一个故事
或许只是
编造的
总而言之
它
在历史中
流传了很久

在遥远的古埃及
那时的人类
用奴隶
创造出
璀璨的文明

日复一日替人类
修建宫殿
的奴隶们

每月
拥有一次休息的权利

那一天
他们被允许选择
两样东西

领取钱币
作为
劳动的报酬

或者喝下白啤酒
短暂地解渴

据说
所有奴隶
都屈服于啤酒
没有一个奴隶
能忍受漫长的干渴
直到用足够的钱币
替
自己赎身

这个幻灭的传说
为我们今天坐在电脑前
喝咖啡的时光
赋予
神圣意味

无题

我目睹过
藕荷色的寒冰凝固天幕

凤凰张开羽翼
掩盖所经历的一切

在光没入云层的过程中
感受到时间
如此已是生命的意义

“无论如何
不要打破心灵的宁静”

预感

如今
我领会死讯的速度
比以往快了许多

从住院
到无法回复消息
的阶段
已是奇迹所能
拖延出的最多时间

这时人们往往
还在计划着
下一次探病

或者轻信着某种
——生的力量

当人们无法看见远方时
生的力量
在眼前提供一种有效的幻觉

在病床上昏迷
之际
对于我们的记忆
就已经消失了

这时永别已经完成
至于之后在葬礼上
发生的事
只对其中一方
有意义
为了安抚他们的感受

对另一方
则是
彻底的无

为何不在更早的时候
选择一个阳光明媚的午后
与活着的某人
行走呢

这从不会达成
我们永远需要
更长的时间
才能理解
已然发生过的当下

而下个月
再下一个月
我大概也不会认真去一所医院看望别人
直到自己彻底
陷入那里

届时
我已不需要那些探望了吧
我已能
在护士的帮助下
独自完成

微不足道

冬日清晨的梦魇结束了

在春天午后的阴霾中
老太太
扯着嗓子
骂着街
老头们
一声不吭地
背着手

人们的背
最终都垂了下去
无一例外

——有一天我将发现
除了沉默地
等待死亡以外
无事可做

在月光大楼的
底下
两个中年
外卖骑手
坐在台阶上

城市寂静无声
除了
屏幕里
女主播
一遍又一遍的声音

“那么这个东西
到底有什么好处呢？”

或许它让我们
在生活中
看到了情欲

只有一个女学生
注意到了我
她低头走着路
经过一朵罗兰花
欢喜地拿出了相机
撞见我的目光后
惊恐地离开了

我在樱花树下
穿过大街
闻见了雨后的芳香
尽管雨点
还未滴下来

我们令他感到如此厌恶

在我的大学

值得终生铭记的葱郁河畔

校园中心

餐厅里

坐满了各种肤色的学生

白人

些许黑人

操着白人口音的

亚洲人

与你擦肩而过

便再也未出现的

女生

在这些充满希望的年轻人中间

有时很难找到一个空位

一个穿着
青蓝色员工服的
胖子
清扫我们的垃圾

他拾起被丢在桌上的
快餐盒
与地上的瓶子

他发出的咒骂很低
以至于

你可以
装作
盯笔记本电脑

或者不幸被他抓到——
“你注意了我的存在”

这个清洁工
挣很低的薪水
厌恶浑噩无知
却能上大学的青少年

他是一名真正的平等主义者
平等地反对我们
所有人

同时他也是一名导师
让我知道
劳动
令人心生仇恨

一种真实的仇恨
无法被在大地上普照的
虚弱的爱
消灭

沙发哥在沙发上

沙发哥
一个人躺在
仓库外的破沙发上
地上两个空啤酒瓶

沙发哥没有工作
上个月
他开除了
电子厂的老板

劳动是
毫无意义的
他需要的是钱
而不是
十三个小时
站在流水线上
重复一个动作

电子厂的老板
还在被奴役
而他没有

沙发哥
每天吃一顿饭
没有话费
也没有去
网吧
他只是躺在
沙发上
沙发哥的支付宝里
有两千块钱
沙发哥离
上帝和死亡
很远

当我们
努力
进步
找到媳妇
生育
再让孩子
生出孙子
将废纸
扔进
垃圾桶时

山顶

1

悠扬的山顶上

有一颗白色的心

随后它散成一缕飘渺的云

2

黑雁在幽谷中环行

不为进食

也不为与同类共鸣

在所有的时间中

它都只能耗费在生存与

繁衍后代吗？

黑雁划过寂静的丘陵

是要在黄昏中飞翔

极限体验

在阳光下
我邂逅了一个老人
枯黑的肢体
倒在长椅上

“发生什么了”
我问
“没什么”
他说
“昨晚我参加了自己的葬礼
老鼠们抬着我来到地狱”
“那里有什么”
我问
“阳光”
他说
呆滞地望着天空

“好吧”
我瞥着
他肚子上的肿块
因麻木不仁

灌下的啤酒
聚集在那里

“或许那才是
问题的根源”
我默念道
转身
朝着坡上走去

那天晚上
我做了一个噩梦
没有天使
也没有恶魔
——只有一些人的琐事
醒来后
我坐在阳光下
一块巨大的腐肉
代替了心脏
阻止我
说出
任何事情

也许我

理解了长椅上的老头

当那些极限体验

发生时

某种真相击中了

但是你

无法说出

只能在阳光下

继续沉默

无题

在牛的注视下
我变成了不会思考的物体

在某个安静的地方
云的下面
两道
铁丝网之间
汽车沿着一条小径
前行

一匹小牛追在
母牛背后喝奶

红色的鸟环绕着
昨日
形成的湖泊

一棵榆树
屹立在草原上
羊群一动不动

一道幻影闪过
狂风大作
电闪雷鸣

回忆诗篇1

从郊野边
的寺庙出来时

白昼
如同没有眼珠的眼神
普照大地

对岸是
怪诞的
黄色高塔

中间是一条漫长的冰河

眼前
有一堆废墟
稻草般的房子

“这种地方
早就无人
居住了吧”

当我产生如此
想法时

被告知
花上五十块钱
能去深处的人家里
吃上一桌正宗筵席

回忆诗篇2

夜市上
有一个女人在跳舞
左眼
像被一拳打坏了

她穿着廉价的蓝裙子
和高跟鞋
站在音响边上

那些粗燥的舞厅音乐很折磨
我的耳朵

她随着旋律
舞姿犹如在抽搐

我放眼望去
一群人在
观看掏耳朵的画面
堵住了过道

南国漆黑月色下的

椰子树

苍老地垂落

在那之上

有一排静悄悄的

黑色窗户

它们如此难以被察觉到

孤独

夜深时去漫步
却发现沙滩的入口
被淹没了

旅店的废墟
一只搁浅的鸭子船
与月光
构成了一座漫长的三角形

未眠的少女发来一条信息
她告诉我
月亮旁边的那颗光点
是木星

凌晨一点
潮水突然间退去
空出了一条
纯白的道路

它像一种沙漠在蔓延

在海上

当一个没有记忆的人
从一只船的甲板
被拖到
大海的起点

他一定像古人那样
发现了

他的世界是被灰白色的死寂
裹挟着

天空
波纹
失去边界
只要拼命地流动
就是
永恒的停滞

为现实沮丧的他
接着
望见一道粉紫色的幻影
从海平面穿过

这是神吐出的一道雾
他发现
宇宙本身也在做梦

〔未来主义诗歌运动〕

>>

>>

不值一提

许多次经历告诉我
当心中
怀着无法化解的悲伤时
写下的诗
会非常糟糕

尤其是
当你用高高在上的语言
去修饰
那种悲伤
是多么沉静
多么
具有诗意时

在层层伪装下
那个无法抑制地
去渴求他人理解的
可怜巴巴的
自我

就会更

可耻

地

显露出来

所以

今夜

我决定什么也不做

静静地

让这种感觉

留在心里

用一生去融化

不泄露

一滴可耻的悲伤

曾有一些美好……

从地图上
找到一座不知名的
海滩

当我们抵达
那里时
几乎一切都
已经黑了

数十公里内
仿佛只有
一家冰激凌店发光

“走吧”
我跟她说
“粉色是我最爱的颜色”

我们用勺子
吃草莓味的雪糕
沿着漫长的海岸线

世界空无

一人

一些霓虹浮动在海面上

我误以为那是

海市蜃楼

一条彩虹色的邮轮

在发出绮丽之光

“会有什么样的派对

在上面呢”

我和她笑道

在我年轻的岁月里

我见证过一些真实的事物

遗憾的是

你将永远无法看到

它们

什么是诗？

你在文字中所见
一定不是生活的真实

我过滤了
牢骚
于很多人
这是创作的全部
批判
讽刺
我也有渺小的怒火
贪婪的面孔
语言的垃圾山
一天中多数时刻
我在消化
人类的噪音
我感到恶心
对烦躁的
自己

只有少数时刻
留给诗歌

它必须面对
生活抛去正常
所剩下的

同情心无法变成诗
假新闻
足以赚取眼泪

笑容无法变成诗
触摸手机屏幕
人就会发笑

激情无法变成诗
动笔前
请泼一盆脏水
在头上

最后剩下
淡淡的蓝色
冰冷
坚硬

没有别人

这之中
有过美妙的瞬间
一道蓝色光芒
从现实的裂缝
钻出来

诗歌涌现了
诗会一直伴随你
通往神秘

粉色天空

当我邂逅
紫色月光下的棕榈树
便确信
即使舍弃所有的爱
灵魂依然向往
这种感觉

或许与天堂接触的唯一方式
就是凝望晚霞
幻想着死去的人此刻看见
同一份天空

无题

一种淡淡的恶心感
不断从人流
和人流的声音里
涌出

我是否
成了
好的诗人
诗歌是否是
解脱

多数时候
我很坚定
而更多时候
我平和地躺在沙发上
接收
手机触屏里的画面
事实上
我记住了
许多琐碎的时刻
仍能保持清醒
将一些神性的瞬间
转化为诗歌

无题

数万只白色的虫子
在地上蠕动
几只苍蝇
在上空
盘旋
苍蝇具有趋光性
黑暗之中
每闪过一道光
苍蝇便朝着眼前的花火
扑去
苍蝇每完成一段飞翔
虫子在底下
就发出一阵欢呼
苍蝇扑向
一道又一道的光
发出嗡嗡的声音

白色的虫子看着
他们
在地上发出渴望的悲鸣

一道又一道的光在眼前闪过
指引着苍蝇
画着毫无意义的圆

最后一道光闪过
苍蝇撞到了
电网上
化成了
黑暗之中的灰烬

病人语录

我们的优越性
在于
我们虚构了权力与金钱
并且服从于它们

似乎幸福与爱情
不是诗歌的主题
保持冰冷
神秘的瞬间
才会发光

没有
摆脱恐惧
的方法
未知是必然的

你必须秉持幽默感
对那些滑稽的死法
——比如一个男人
开枪打死了
把雪铲到
他家院子的邻居
之后也
一枪毙了
自己

抵达死亡前
我们拥有的
只是死的语言幻象
即便如此
我仍然断定
灵魂的存在

萧条时代的艺术

在周一的午后
我走过公园

年轻人很少
即使是失业了
或相当富裕
他们大概也还在睡觉

为何不早一点来到这里呢

许多中年人在走路
因为这种
娱乐是免费的
并且可以略微地延长寿命

当我们老了
我们将极为普通地生活
这样的想法
会让你气馁吧？

这也是诗？

“这样的大白话也是诗？
唐诗宋词
那才是真正的诗！”

你难道认为自己
读懂了古人的话？

李白能写出
飞流直下三千尺
是因为他的身体在现场
不像你蜷缩在现代的蜗居里
意淫出那个瀑布

在杜甫眼里
李白的诗就是
口语

床边的明月像地上的霜
我望着它低下头想起了
故乡

“那押韵对仗呢？
现代诗的格式乱七八糟的
不就是敲回车吗
我也会”

古人的诗有古人的音乐
现代诗的节奏是即兴音乐
融合爵士
你对两者皆
一无所知

“那内容呢
现代诗充满了屎尿屁
一点也不高雅”

李白的诗豪放高洁
那是他真实的人生
如果你将镜子里
假惺惺的自己
写出来
比屎尿屁
还要恶心

所有人都热爱虚无

谁自由
谁被奴役?

谁陶醉于他的正确
给失败者们
布道

谁歌颂自己的伟大
归于上天
对他的选择

谁热爱弘扬平等与爱
谁需要正义
却一言不发

谁对着屏幕
发出谴责
抹下几滴泪水

谁深夜回到
破败的群租房

忍受漫长的无聊
与账单

谁宣称他为自己而活
多数人只是不具备那种天赋

谁为别人而活
又愿承认
他们生来
被制定为
廉价的工具

谁开货车
谁被埋在矿井里
谁替别人开门？
谁很疲惫

谁定义自己为美
将美丽的脸
投影给
满大街
愚钝的人

谁已经厌倦了
只想躺在沙发上
舒服
一点

谁沉浸在
他从未
屈服的
幻觉中？

谁能够抵抗
直到永远
无法获胜

谁不仇恨
反对他的一切
谁深信自己的清白
因此被
挑起所有仇恨

谁成为未来

谁有勇气面对死亡？

任何人
都没有勇气

我是谁
一具浮肿的行尸走肉

我仰望诗歌
同时也在
蠕动
制造垃圾

无题

你所掌握的事情中，只有一件
比天赋重要
——等待

剩下的，把身心交给世界
让它教会你

年轻时
为消逝的人守护
秘密

年老时
为浑噩的天使
写下轻佻的青春之歌

无题

走到近处
才确信
蝉鸣
不是某种机械的波长

无法像听懂落叶那样
听懂
山脚下工地的
回响

来自深渊的节奏
诗意
在汉字之外

二次闪电

第一次没入浴缸
我感觉到世界的雨
在温暖

大脑溶解
倾听粉色的气泡

床很冷
我想
回到那里

二次没入浴缸
我将脚趾的温度
分享给四个人

世界的好
不可描述

青涩

我看见青色的天空
知道的是
在另一个宇宙
某座
无人的星球上
晚霞的颜色
是一样的

你认为
这是修辞手法
青色代表诗人内心的青涩
现实中没有青色的天空

另一个宇宙
隐喻内心的孤独
现实中不存在另一个宇宙

而我写下的是
宇宙思考的印记

你认为一切的思想
属于人类
你一定认为
你活在现实中

事实上
诗歌属于宇宙
语言属于宇宙
只有
死亡属于我们

我也看见了粉色的云团
它一直在
并且也会温暖
视而不见的你们

午睡

在海拔三千米高
塔尔寺的
某一座大殿内

一座金色佛像
右手边
僧人用来打发时间的垫子上

一对幼小的猫咪
在午睡

它们
将脑门贴在一起
蜷缩着

花猫在袒护
白猫

白猫
用爪子捂住眼睛
躲避着
意识中的一场噩梦

阳光从外面浮现
……

只是在安静地行走

1

我看见了芦苇

一种金色的末日植物

根上

流动出茂密的线

殆尽的母星

在尾梢上爆发革命的小国

2

我穿过一条小径

头顶的树海发出

舒缓的声音

我想到了富士山周边

那座自杀者的圣地

我没有去过那里

该有多少棵树在黑夜下舒缓着

浩瀚的海洋

3

花海是真实的

前提是你只是一只蜜蜂

设想被一种巨大的色彩戏弄

使你意识到渺小

也是幸福的

它们闻起来像裸体的女人、蛋糕

与真理的结合体

4

不会和动物说话的人

精神都失常了

与动物交流的人

还尚存理智

世界是辩证的

但是人们认为那关于对与错

或平庸

沙漠中的某个时刻

马戏团的队伍已消失
只留下白色的穹顶

上百种彩色的沙砾从手心洒落
化作脚下的影子

在阴雨来临前
一缕金光
穿过云海

千佛物语

1

午后青烟

大佛吐的哈欠

27

盛世茶商

供奉的佛犹如舞女

66

金光油面

煤老板的菩萨

300

高塔深处的愠怒巨神

脚下跪着宦官

601

被遗忘在小径

慈笑的瘦弱观音

700

妙灵山之鸟叫

782

无头佛像

身后的圆轮

如白色太阳

800

笑众生愚相

敞着大肚皮的弥勒

901

经过一千年浮世

闭眼进入婴儿的梦

930

地狱里

寂静的铁佛

960

人以为佛在

同情自己

998

佛堵住耳朵

心里有山的声音

1000

拜得最多的

肯定是财神爷

如今……

居伊·德波说：我们拒绝用无聊致死的危险去换取一个免于饥饿的世界。

五十多年后，我写道：庸俗将在脱离了奴隶生活的人群之间蔓延。

这是否有异曲同工之妙？区别是他在主张，而我只是在陈述。

德波认为法国的中产阶级已沦为蠕虫。他将诗性与艺术的理想，寄托给尚未被污染的年轻一代。

革命的热情逐渐燃尽，取而代之的是苦闷。没有暴力助产的革命，终究是纸上谈兵。在完成最后一部作品后，德波在隐居处了结了自己的生命。

如今蠕虫的天赋从一代被播种给下一代，从幼儿到青春期的结束，意味着完整的驯服。在理想可能诞生之前，异化已然在少年的心中结成。

其实无聊并不致死，它只是一种将当下消磨殆尽的方式，用以去逃避未来。

最糟糕的还是饥饿的世界。如今我在人群间保持疏离与敏锐。我十分乐观又很懒惰，每日书写，用手机拍摄云。

使命

我日渐领会到
我的使命

我写下的是映射至天空
的历史
它们在地上化作
某种秘密
如羽毛压在众人的头顶

我将不仅仅成为我自己

我取得的成果
是人类意识整体的跋涉或
沦落

我不介意
任何一名具体的人
是否知晓我是诗人

我每天恪守心灵
的沉默
行走

观察物体的灵魂
影子与光

你不想变成……

在这个世界上你不想变成的事物
有很多

你不想变成一只
幸福的寄生虫
一个寄生于某种头衔与地位
的人

你不想因生为人类而自满
只有人类认为
自己是一切的中心

你不想加入弱肉强食者的阵营
但是永远不要
当一个好心的弱者

弱肉强食是真理
弱者得救是幻觉

你不愿接受任何统治
任何以正确名义去指挥你的

你也不想统治任何人类
不想统治一只猫

这所有的一切令你恶心

不想富有而
脑满肠肥

不想贫困而发疯
没有好的床
没有女人愿意睡在上面

不想变成中产阶级
像白痴一样接受幻灯片
信奉平庸的爱

不想成为一个
有效运转的部分

而此时此刻你一定以上述某种
方式幸存着

因为你是人类

但是这之中有一件值得的行为
你可以创造出
伟大的作品……

伟大的诗篇
对着镜子化妆
用手机录下十秒钟

任何人都可以参悟死亡与孤独
想象自己和神的距离

花语

三月之初，苍山脚下
风一拽
狂放的花朵
坠落水中

墨绿色的泡沫
从一条世界的冥河泛起

花季消散后
四月的每一天
雨在白色的雾中
鸣响

时有阳光浮现

剩饭

不过是由于生活的疏忽
与随意
我接连吃了两顿
剩饭

冰箱里的
有些变质的

事后
这种感觉却不太舒服
在一个阳光的午后

我想起了
那个商场里
躲在
厕所旁边的清洁工
他把他的面条放在一把椅子上
弯下腰去吃

用他的目光窥视我

“即使是贫穷
听着风声
也是好的”
罗伯特·勃莱写道

不
我在此反驳他

天下大同

五一黄金周
新宿御院不收门票

漫长的草坪被晒成金色

上百个日本人
铺着野餐垫
同坐在一棵苍天大树之下

全天下人民的生活
是一样的

拥有丈夫、情人
年迈的父母
与孩子
没有什么钱
在这个美好的午后，戴着口罩、帽子，撑着阳伞
做好防晒工作

和屋幻想

在日式的屋子
带草席那种

有一扇纸门
打开它
有一个昏暗的空间
用来储存棉被

我躺下来
感觉到

1945 年，美军的轰炸机
轰鸣过东京上空时
一定有少年
躲在这种黑暗里
自我欺骗

也有一对情侣
卧室
消失后
正好在里面
从汗水中相拥着

魔法

伟大的布考斯基
如何发现自己的写作天赋?

1930 年
胡佛总统要来洛杉矶演讲
发表一通关于美国梦
与就业机会的演说

弗莱塔小姐命令孩子们
去现场观摩
写一篇读后感

但那时大多数孩子的父母
都失业了
他们无法去见到胡佛

布考斯基也没有去
他没有钱乘坐
交通工具
他的父亲命令他
在星期六除草

于是

为避免惩罚

他捏造了一篇关于总统的文章

周一上交

周二弗莱塔小姐

却将它作为范文

在全班面前

朗诵

小布考斯基的文字

华丽、隽永

好像人人都在洛杉矶体育馆

面对胡佛

热泪盈眶

男孩们嫉妒他

女孩们羡慕他

下课后

弗莱塔小姐叫来了布考斯基

她说

“亨利
星期六
你到底去体育馆了吗？”

“没有。”
一阵忐忑后
他诚实地回答道

在那个年代
人们只去教堂
没有人读书
唯一需要文字的时候
只是这些场合

仍然有人具备这项魔法
他可以无中生有
……

即使是为胡佛总统

寿衣店

医院的对面
总有一条破旧的巷子

寿衣店
小卖部
与饭馆

许多中年人
在办理完死者的手续
离开白色的大楼

吃一碗盖浇饭
兴许买上一包烟
再走进那间廉价的寿衣店？

由于
被漫长的住院费
耗空了积蓄

或者已然接受了

结果

懒得再选择什么

以上的心情

都是可以理解的

雾

列车北上
玻璃外泛起蓝色的雾

我看见一条纯净的河
流入空气中
枯枝遍及深幽的大地

青色的麦田间
焚烧垃圾的篝火

一座墓园
一晃而过

白色仓库的门
仿佛因为
人的愤怒
被砸出一道伤口

我看见了许多的
家
灰色的房子

夜色逐渐降临

诗歌对人类无用

从二十一岁起
突然又开始
写诗
已有五年

我也步入了
人类社会

我比以往任何时候
明白
诗歌对于人类社会
无用

人类需要琐碎的幸福
而诗歌不提供

人类需要被怜悯
而诗歌拒绝

诗歌拒绝一切
低级的伤感

它在不遗余力追求
伟大

它得到的
回报是无

没有荣誉
没有来自人类世界的瞩目

这就是诗歌
……

蓝色的永恒幻光
低级的生命
无法参悟它

没有它
生命很枯燥
无聊

并不值得

午后

我每天在午饭前醒过来

必定会想到
这样一件事情
过去的一切都在远去

爱与回忆
在消失

三年没见的故人
会变成五年未见
最后
终生未见

所有的爱在愈加遥远
所有死人的形象
更加单薄

爱会消失
只剩下一份无法回报的恩情

生命像一摊强烈的黄色河水
涌下

我感觉到如此枯竭
因此每个午后
开始写作

风车

网吧里
坐满了城市的打工少年
一个瘦弱的高个子
从角落的沙发上
醒了过来

他开走了一辆黑色卡车
朝着某条无名的路
驶去

无人的地方
细碎的小草
在飘动

天空之下
是巨大的风车

他走下车门
打开双臂

就这样在
转动的风车下
保持沉默

夜晚
风车划过
冰冷的星空
他仍然站在那里
用羞涩的神情
做着无法描述的梦

神之眼

告诉你们一件可怕的事情
我极度冷静

我已经充分了解
你们信以为真的东西中
哪些是假的
哪些你们认为假的
又绝对真实

我闭口不谈
我每日在打字

你将无法与我共情
或者说
我不值得你同情

我反对人类之间的平等
我没有为战争中的受害者落泪
当我收看一部黑帮片时
我在想
任何人或许是被一刀砍倒在路边的小喽啰

他拥有两秒钟的镜头

我喜欢为自己的死亡做准备
我掌握旅途与写作
两种方法

我是最佳的心理医生之一
因为每一个小说家都是

我不收取费用
我更喜欢傲慢地纠正你
我不接受你的反驳
我只接受伟人与真理的驳斥

我没有乘坐地铁
没有听命于某个小人物

这或许是另一种罪过
远离群众的罪过

我写作，反驳自己的写作

我逼迫自己
任何人的经历
都可以迫使他在
创造
与自杀间
选择
创造

即使不去写
也是好的

当遍地是琐碎的苦难
我在赞美天空
以及船只

我的艺术也是阶级化的
我默然地展示忙于谋生的人
无法看见的光辉

我的悲伤非常微弱
我的乐观也是最肤浅的乐观
相当一部分来自
低俗的笑话

我具有神之眼
我看见了你们中
很多人在写诗

并不像那些自命不凡的诗人
你们只是在
安静地写
将它保存在
手机的备忘录里

乌鸦 1

午后
旧滨离宫庭院里
没有人类

屋檐下的铃铛串
在滴雨

风吹走
透明的伞

树海之上
含着腐肉的乌鸦嘴
发出啊的叹息

乌鸦尖叫起来
几秒钟后
一阵闷雷涌现

我穿过水池
从山坡上
回望

乌鸦已深入幽深的雾海
盘旋

眼缘

我见过千万张
面孔
他们的眼神与呻吟

在粗燥的灰色海洋之中
无人是重要的
包括我们
这些自诩好人的家伙

但是这里面
我见过一些绝对美好的女人
仅有年轻时的
一面之缘

许多年后
我偶然看见
她们

她们依旧从时间中
散发光芒

我不必幻想如何去爱

如何一起生活

我只将这些触动

保留

在记忆里

就知道世界是美好的